THÉORIE

DE

LA TONALITÉ,

DU MODE MAJEUR

ET

DU MODE MINEUR.

Ouvrage indispensable à toutes les personnes qui savent
ou qui apprennent la musique.

PAR

J.-D. FERROUD,

PROFESSEUR D'HARMONIE ET DE COMPOSITION,

Ancien Élève de l'École royale de Musique,
Membre et ex-Professeur de la Société Philomathique.

—

PRIX NET : 1 fr. 50 c.

—

BORDEAUX,

LIBRAIRIE DE FERET.

Fossés de l'Intendance, N° 15.

1846.

THÉORIE

DE

LA TONALITÉ

DU MODE MAJEUR

ET

DU MODE MINEUR.

THÉORIE

DE

LA TONALITÉ

DU MODE MAJEUR

ET

DU MODE MINEUR.

Ouvrage indispensable à toutes les personnes qui savent
ou qui apprennent la musique.

PAR J.-D. FERROUD,

PROFESSEUR D'HARMONIE ET DE COMPOSITION,

Ancien Élève de l'École Royale de Musique, Membre et ex-Professeur
de la Société Philomathique.

BORDEAUX,

LIBRAIRIE DE FERET,

Fossés de l'Intendance, N° 15

—

1846.

Bordeaux.—Typographie de SUWERINCK, rue Ste.-Catherine, bazar Bordelais.

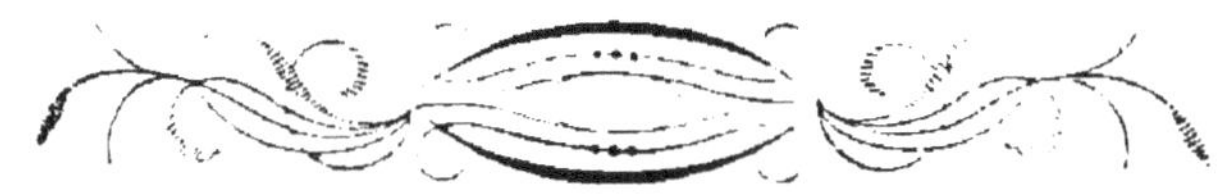

THÉORIE
DE LA TONALITÉ

DU

MODE MAJEUR ET DU MODE MINEUR.

Tout le monde sait que si l'on met une corde sonore en vibration, l'oreille percevra un son principal, une *tonique*, et, si le son principal est grave, elle percevra en outre plusieurs autres sons plus petits, appelés indifféremment *sons-aliquotes* ou *sons-harmoniques* du premier. On sait aussi que les sons aliquotes forment accord avec le son principal, la tonique. On sait encore que, parmi les sons-aliquotes, il en est deux principaux, dont le plus fort, le *dominant,* parmi eux, sonne à douze degrés au-dessus du premier (la tonique), et que le *moyen,* le son qui est moins fort que le dominant, mais plus fort que les autres sons-aliquotes, sonne à dix-sept degrés au-dessus de la tonique. Que si l'on produit, par la vibration d'autres corps sonores, des sons forts et pleins équivalents, quant au degré de gravité, aux sons-aliquotes que nous avons nommés l'un *dominant* et l'autre *moyen,* et que ces trois sons soient entendus simultanément, il en résulte un effet harmonieux appelé *accord parfait.* Que la raison de cette harmonie est dans l'origine commune des trois sons qui la produisent. Ces trois sons étant nés d'un même son principal, forment une famille de sons ayant entre eux toute l'affinité possible. On sait encore que, pour faciliter la pratique de l'harmonie, le dix-septième degré et le douzième degré sonore, peuvent se produire une ou plusieurs octaves plus hautes ou plus basses, sans que l'effet harmonieux de leur audition simultanée soit détruit, bien qu'il soit modifié à chaque changement d'octave (1).

On sait encore que, sans s'occuper ici de la transposition, le premier son s'appelle ordinairement *ut*, ou note tonique; le troisième, porté deux octaves plus bas, *mi* ou *médiante*, et le second, porté une octave plus bas, *sol* ou *dominante*. On remarquera que la signification de ces mots est facile à retenir, puisque, dans l'accord parfait qui nous occupe, UT, MI, SOL TONIQUE, veut dire *son*, ou *note*, qui tonne, qui sonne plus fort que les autres, son qui est le GÉNÉRATEUR des autres sons qui peuvent concorder avec lui.

DOMINANTE, son, ou note qui domine dans l'accord : 1° comme étant naturellement le plus haut ; 2° comme étant le plus fort après la tonique.

MÉDIANTE, son ou note qui tient le milieu de l'accord entre la tonique et la dominante.

On peut donc dire : l'accord parfait est composé de trois notes, nommées TONIQUE, MEDIANTE et DOMINANTE. Parmi ces trois notes, la médiante est moins importante que les deux autres.

____

(1) Voyez l'acoustique dans le traité de physique de Biot.

De la tonique à la médiante, il y a une tierce majeure, et de la tonique à la dominante, une quinte juste.

On peut donc dire : l'accord parfait est composé de tonique, tierce majeure, et quinte juste. Si l'on considère les intervalles d'une autre manière, on trouve, d'UT à MI, tierce majeure, et de MI à SOL, tierce mineure. On peut donc dire aussi : l'accord parfait est composé de deux tierces superposées, dont la première, de la tonique à la médiante, est majeure, et la seconde, de la médiante à la dominante, est mineure.

Ici, je suppose que mon lecteur sait tous les accords parfaits majeurs, pratiqués en musique; s'il ne les sait pas, il faut, avant d'aller plus loin, qu'il les apprenne par cœur, et qu'il les chante ou qu'il les joue sur son instrument. En tous cas, j'en donne un tableau qu'il faut copier et reproduire de mémoire.

TABLEAU

DE

TOUS LES ACCORDS PARFAITS.

Accord	Tonique	Médiante	Domin^te
d'ut	ut	mi	sol.
de ré bémol	ré bémol	fa	la bémol.
de ré	ré	fa dièse	la.
de mi bémol	mi bémol	sol	si bémol.
de mi	mi	sol dièse	si.
de fa	fa	la	ut.
de fa dièse	fa dièse	la dièse	ut dièze.
de sol bémol	sol bémol	si bémol	ré bémol.
de sol	sol	si	ré.
de la bémol	la bémol	ut	mi bémol.
de la	la	ut dièse	mi.
de si bémol	si bémol	ré	fa.
de si	si	ré dièse	fa dièze.
de ut dièse	ut dièse	mi dièse	sol dièze.

Il est facile de comprendre que les diverses combinaisons des notes d'un même accord, entendues simultanément, seront harmoniquement la meilleure harmonie possible, et que si on les combine de manière à être entendues successivement, on aura les meilleures mélodies primitives possibles.

Mais le cercle des combinaisons de trois sons étant très-restreint, on a dû chercher à l'agrandir, et voici à peu près comment on a dû raisonner pour y parvenir :

Les trois sons d'un même accord s'unissent en raison de leur origine commune; c'est donc dans la communauté qu'il faut chercher des rapports. Or, si l'on prend la dominante SOL d'un accord d'UT, et qu'on prenne cette dominante pour tonique d'un nouvel accord, le nouvel accord composé de trois notes, SOL, SI, RÉ, aura avec le premier, UT, MI, SOL, un rapport bien établi par la note commune SOL. Ainsi le cercle des combinaisons se trouve agrandi et porté à deux accords pour l'harmonie, et à cinq notes pour la mélodie, sans parler du double rôle de la dominante.

Le moyen de liaison une fois trouvé peut s'appliquer indéfiniment.

La règle de liaison peut s'énoncer ainsi :

Quand deux accords ont leurs toniques à distance de quinte juste supérieure ou inférieure, ils ont une note commune, qui est la dominante du plus grave servant de tonique, de basse génératrice au plus aigu, ou, autrement dit, la basse génératrice du plus aigu servant de dominante au plus grave.

Les sons provenant de la liaison de deux accords forment une *famille de deux accords*. Pour agrandir le système, on le porte à trois accords. Alors, le troisième accord a pour basse génératrice le son, la note qui se trouve à la quinte juste inférieure de la première tonique, qui est FA lorsque l'on part d'UT : les notes qui forment cet accord étant FA, LA, UT, on a trois accords qui sont : 1° UT, MI, SOL ; 2° SOL, SI, RÉ ; 3° FA, LA, UT. Dans ce dernier, UT joue le double rôle de dominante de FA et de tonique UT ; il remplit, à l'égard des accords FA, LA, UT,—UT, MI, SOL, le même rôle que le SOL à l'égard des accords UT, MI, SOL ; SOL, SI, RÉ : tous les deux servent de moyens de liaison.

L'ensemble des notes provenant de ces trois accords ne donne que sept notes, puisqu'il y en a deux qui font double emploi de tonique et de dominante. Ces sept notes forment une *famille de trois accords*, dont les sons peuvent s'employer simultanément ou successivement de manière à former des harmonies et des mélodies suffisamment variées, et dont toutes les parties se lieront bien, parce qu'elles appartiennent à la même famille et qu'elles proviennent d'un son générateur commun, d'une même basse génératrice, la TONIQUE. Exemple, en prenant UT pour tonique :

```
                              RÉ
                              SI
              SOL————————SOL
              MI
      UT———    UT
      LA
      FA
```

L'ensemble des sons provenant d'une *famille de trois accords*, ainsi combinés, s'appelle une TONALITE.

La *tonalité*, la *famille tonale*, par abréviation, le *ton*, sont des mots qui signifient la même chose.

Quand plusieurs des sons de la tonalité sont haussés ou baissés d'une octave, de manière à présenter une succession de sons montant progressivement de degré en degré, tantôt par des distances d'un *ton*, tantôt par des distances plus petites, appelées *demi-ton :* leur ensemble prend le nom de GAMME. Ainsi la gamme provient des trois accords de la tonalité. C'est pourquoi l'on dit ordinairement : gamme du *ton d'ut,* gamme du *ton de ré,* pour : gamme de la *tonalité d'ut,* gamme de la *tonalité de ré,* etc., etc.

L'analyse ordinaire de la gamme nous apprend:

1° Qu'elle est composée de cinq intervalles d'un ton et de deux intervalles d'un demi-ton ; 2° que les intervalles d'un demi - ton se trouvent du troisième au quatrième degré, et du septième au huitième. Ce sont là des lois naturelles provenant des lois de la tonalité.

Les lois de la tonalité et de la gamme ne sont exposées nulle part ; tous les musiciens les sentent, et très-peu savent les expliquer.

Voici un nouveau tableau de la tonalité et de la gamme qui en provient, avec une analyse détaillée qu'il faut absolument savoir de mémoire, si l'on veut comprendre la musique.

TONALITÉ D'UT.

ut, quinte de la quinte inférieure.

la, tierce de la quinte inférieure.

fa, quinte inférieure de la tonique, basse du troisième accord de la tonalité ou basse de l'accord de la quinte inférieure de la tonique.

sol, dominante ou quinte supérieure de la tonique.

mi, médiante ou tierce de la tonique.

UT, TONIQUE, basse du premier accord de la tonalité, ou basse de l'accord de la tonique.

ré, quinte de la dominante ou quinte supérieure.

si, tierce de la dominante ou quinte supérieure.

sol, dominante ou quinte supérieure de la tonique, basse du second accord de la tonalité, ou basse de l'accord de la quinte supérieure de la tonique.

GAMME DE LA TONALITÉ D'UT.

DEGRÉS	1er degré.	2me degré.	3me degré.	4me degré.	5me degré.	6me degré.	7me degré.	8me degré.
	TON	TON	TON	TON	TON	TON	TON	
NOMS..	ut	ré	mi	fa	sol	la	si	ut
NOMS GÉNÉRIQUES	TONIQUE, basse génératrice du premier accord, et quinte supérieure de l'accord de quinte inférieure.	SUS-TONIQUE et quinte supérieure de la dominante.	MÉDIANTE, tierce de la tonique.	SOUS-DOMte et quinte inférieure de la tonique, basse génératrice du troisième accord de la tonalité.	DOMINANTE, quinte supérieure de la tonique, basse génératrice du second accord de la tonalité.	SIXTE, tierce de la quinte inférieure.	SENSIBLE, tierce de la quinte supérieure.	TONIQUE, quinte supérieure de l'accord de quinte inférieure.

Ces tableaux doivent être reproduits et récités par cœur, en prenant pour tonique toutes les notes de la gamme chromatique. C'est le seul moyen de savoir la raison d'existence de tous les dièzes et bémols, et c'est aussi le seul qui permette, plus tard, d'apprendre l'harmonie avec fruit.

En formant les divers tableaux de tonalité, remarquez que les dièzes naissent, d'abord, du besoin de rendre les tierces-majeures, et ensuite du besoin de rendre les quintes-justes ; tandis que les bémols naissent, d'abord, du besoin de rendre les quintes-justes, et ensuite les tierces-majeures. Il faut surtout se méfier des intervalles de *fausse-quinte* SI FA et de *triton* FA SI. L'intervalle de fausse-quinte se désigne souvent par les noms de *quinte-mineure*, ou de *quinte-diminuée*, et celui de *triton* par les noms de *quartes-majeures* ou *quartes augmentées*.

Les intervalles de quintes-justes étant les liens de la tonalité, qui ne sauraient exister sans eux, on a eu raison de les appeler *quintes-justes*, parce qu'elles unissent et ajustent toutes les notes de la tonalité. Mais les quintes qui ne sont pas justes, c'est-à-dire composées de sept demi-tons, ayant la propriété de DÉTRUIRE LA TONALITÉ, de rendre FAUX tous les rapports des notes entre elles, d'établir des tendances tonales nouvelles, on a eu raison de les appeler FAUSSES-QUINTES; Le renversement de la fausse-quinte ayant les mêmes propriétés, aurait dû s'appeler FAUSSE-QUARTE, mais on a préféré le désigner par le mot TRITON, qui rappelle qu'il est composé de trois tons, et le sépare suffisamment des autres quartes qui sont justes. C'est donc à tort que l'on a essayé de changer les noms de la classification des intervalles, ce qui n'a servi qu'à embrouiller la matière, puisque aujourd'hui il faut savoir trois classifications au lieu d'une.

La fausse-quinte et le triton jouent un rôle extrêmement important dans la musique moderne : il est donc indispensable de les connaître, à l'œil et à l'ouïe; on en fera un tableau particulier et on l'apprendra afin de pouvoir le reproduire de mémoire sans la moindre hésitation.

TABLEAU

DES

FAUSSES-QUINTES ET DES TRITONS

DE TOUTES LES TONALITÉS USITÉES.

Ton.	Fausses quintes	Tritons.
d'ut............	si — fa..............	fa — si.
de sol.........	fa dièse — ut.......	ut — fa dièse.
de fa.........	mi — si bémol......	si bémol — mi.
de ré..........	ut dièse — sol......	sol — ut dièse.
de si bémol	la — mi bémol.....	mi bémol — la.
de la..........	sol dièse — ré......	ré — sol dièse.
de mi bémol	ré — la bémol......	la bémol — ré.
de mi	ré dièse — la......	la — ré dièse.
de la bémol	sol — ré bémol....	ré bémol — sol.
de si..........	la dièse — mi......	mi — la dièze.
de ré bémol	ut — sol bémol. ...	sol bémol — ut.
de fa dièse.	mi dièse — si......	si — mi dièse.
de sol bémol	fa — ut bémol.....	ut bémol — fa.
de ut dièse.	si dièse — fa dièse	fa dièse -- si dièse.
de ut bémol	si bémol — fa bémol	fa bémol — si bémol.

Si l'on compare tous les intervalles de la gamme, ce qui est une nouvelle sorte d'analyse, on trouve qu'elle contient :

Cinq secondes majeures : UT RÉ, RÉ MI, FA SOL, SOL LA, LA SI ;

Deux secondes mineures : MI FA, SI UT ;

Trois tierces-majeures, qui sont les tierces des notes génératrices : UT MI, FA LA, SOL SI ;

Quatre tierces mineures : RÉ FA, MI SOL, LA UT, SI RÉ ;

Six quartes justes : UT FA, RÉ SOL, MI LA, SOL UT, LA RÉ, SI MI;

Une quarte augmentée, ou triton : FA SI ;

Six quintes justes : UT SOL, RÉ LA, MI SI, FA UT, SOL RÉ, LA MI ;

Une quinte diminuée (fausse-quinte) : SI FA.

Quatre sixtes majeures : UT LA, RÉ SI, FA RÉ, SOL MI ;

Trois sixtes mineures : MI UT, LA FA, SI SOL,

Deux septièmes majeures : UT SI, FA MI ;

Cinq septièmes mineures : RÉ UT, MI RE, SOL FA, LA SOL, SI LA ;

Une octave juste : UT, UT.

Cette sorte d'analyse doit se faire sur toutes

les tonalités , et l'on doit pouvoir la reproduire de mémoire , ce qui sera facile si l'on observe bien sur quel degré de la gamme chaque intervalle est placé. Arrivé à ce point , notre Lecteur doit savoir ses gammes ; s'il ne les sait pas, il faut qu'il les repasse avant d'aller plus loin.

. Toutes les mélodies et les harmonies provenant des diverses combinaisons des éléments de la tonalité produisent un effet satisfaisant et grandiose , exprimant généralement le sentiment du BIEN, du bien-être , de la joie,

De ces combinaisons, sont nés les airs de danse, les chansons bachiques , les cantiques d'actions de grâces , les marches triomphales, .etc., etc.

Mais , quand les musiciens ont voulu exprimer le sentiment du MAL, du mal-être, de la mélancolie , de la douleur, de l'ivrese, de la folie, des diverses affections privatives du cœur, alors les nuances , les couleurs, ont d'abord manqué, puis ils ont trouvé : *que si on baissait d'un demi-ton la tierce d'un accord parfait, il prenait une couleur sombre, il produisait un effet, toujours harmonieux, mais comme voilé, laissant l'oreille moins satisfaite.*

TABLEAU

DE TOUS LES ACCORDS PARFAITS,

avec la tierce baissée d'un demi-ton,

APPELÉS ACCORDS PARFAITS MINEURS.

Accord MINEUR	Tonique.	Mediante BAISSÉE	Domin^te.
d'**ut**...........	**ut**..............	**mi** bémol....	**sol**.
de **ré** bémol.	**ré** bémol.....	**fa** bémol.....	**la** bémol.
de **ré**..........	**ré**.............	**fa**.............	**la**.
de **mi** bémol	**mi** bémol....	**sol** bémol...	**si** bémol.
de **mi**........	**mi**............	**sol**...........	**si**.
de **fa**..........	**fa**.............	**la** bémol.....	**ut**.
de **sol** bémol	**sol** bémol....	**si** d.-bémol..	**ré** bémol.
de **sol**.........	**sol**............	**si** bémol.....	**ré**.
de **la** bémol.	**la** bémol.....	**ut** bémol.....	**mi** bémol.
de **la**..........	**la**.............	**ut**.	**mi**.
de **si** bémol.	**si** bémol.....	**ré** bémol.....	**fa**.
de **si**..........	**si**.............	**ré**..	**fa**.
de **fa** dièse..	**fa** dièse......	**la** dièse......	**ut** dièse.
de **ut** dièse.	**ut** dièse......	**mi**............	**sol** dièse.

Ils ont trouvé que si l'on abaissait d'un demi-
ton les trois tierces des trois accords de la tonalité, la tonalité, sans être détruite, prenait tout-
à-coup, et dans toutes ses parties, la même
teinte de tristesse, de vague mélancolie, et que
si, à l'abaissement des tierces, on ajoutait un
mouvement rythmique vif, les effets d'harmonies et de mélodies qui en résultaient expri-
maient la fureur, le désespoir. De ces combinaisons sont nés les airs de romances tristes, de
jalousie, les airs de danses sauvages, les marches funèbres, etc., etc.

Il y eut donc deux éléments de composition
musicale, deux manières de composer, deux tonalités : 1° la tonalité qui conservait les tierces
dans l'état de nature ; 2° la tonalité qui abaissait les tierces d'un demi-ton.

Or, comme les produits de la première tonalité ont un caratère de grandeur, de majesté,
de fermeté, que les produits de la seconde n'ont
jamais atteint, on a nommé MAJEURE la première, et MINEURE, la seconde.

Par extension, la gamme provenant de la tonalité majeure s'appelle GAMME MAJEURE ; et la

gamme provenant de la tonalité mineure, s'appelle GAMME MINEURE.

Le mot MODE veut dire MANIÈRE. Or, il y a deux manières de composer ; on peut donc dire il y a deux MODES de composition : le MODE MAJEUR et le MODE MINEUR. Donc, une composition faite avec les éléments de la tonalité majeure, est une composition en MODE MAJEUR, et une composition faite avec les éléments de la tonalité mineure, est une composition en MODE MINEUR.

Remarquons que le changement de mode laisse intactes les quintes ; il y a donc, dans la tonalité, dans la gamme, des *notes variables* qui peuvent se baisser d'un demi-ton, ou rester en leur état primitif, sans détruire la tonalité, et d'autres *notes invariables* que l'on ne saurait baisser ou hausser sans détruire la tonalité.

Les notes invariables, qui sont la tonique, et les quintes supérieures et inférieures de la tonique servant de liens et de base à la tonalité, s'appellent **NOTES TONALES**, notes qui forment le ton.

Les notes variables, qui sont, la tierce de la tonique, la tierce de la dominante, et la tierce de la quinte inférieure, servant à déterminer le mode selon qu'elles sont majeures ou mineures, c'est-à-dire, laissées dans leur état primitif ou baissées d'un demi-ton, s'appellent NOTES MO-DALES, notes qui forment la modalité.

Dans les gammes où tout se compte en partant de la tonique, les tonales sont *la tonique, la quarte* et *la quinte*, et les modales sont *la tierce, la sixte,* et *la septième*. Il ne faut pas perdre de vue qu'ici les noms d'ordre changent, par la raison que le point de départ est changé, la quarte de la gamme, la sixte de la gamme étant bien réellement la quinte inférieure de la tonique, la tierce de la quinte inférieure de cette même tonique.

Voici un tableau de la tonalité mineure et de la gamme mineure qui en provient, semblable à celui que nous avons donné pour la tonalité majeure. Ce tableau devra être transposé et reproduit de mémoire en prenant toutes les notes de la gamme chromatique pour tonique.

TONALITÉ D'UT MINEUR.

Troisième accord de la tonalité, ou accord de la quinte inférieure de la tonique.
- **ut,** quinte de la quinte inférieure.
- **la** *bémol,* tierce mineure de la quinte inférieure.
- **fa,** quinte inférieure de la tonique.

Premier accord de la tonalité, ou accord de la tonique.
- **sol,** dominante ou quinte supérieure de la tonique.
- **mi** *bémol,* médiante ou tierce mineure de la tonique.
- **UT,** tonique.

Deuxième accord de la tonalité, ou accord de la dominante.
- **ré,** quinte de la dominante.
- **si** *bémol,* tierce mineure de la dominante.
- **sol,** dominante ou quinte supérieure de la tonique.

GAMME DE LA TONALITÉ D'UT MINEUR.

DEGRÉS	1er degré.	2me degré.	3me degré.	4me degré.	5me degré.	6me degré.	7me degré.	8me degré.
	TON	½ TON	TON	TON	½ TON	TON	TON	
NOMS..	**ut**	**ré**	**mi** bémol	**fa**	**sol**	**la** bémol	**si** bémol	**ut**
NOMS GÉNÉRIQUES	TONIQUE, basse génératrice du premier accord, et quinte supérieure de l'accord de quinte inférieure.	SUS-TONIQUE et quinte supérieure de la dominante.	MÉDIANTE, tierce mineure de la tonique.	SOUS-DOMIN^te et quinte inférieure de la tonique, basse génératrice du troisième accord de la tonalité.	DOMINANTE, quinte supérieure de la tonique, basse génératrice du second accord de la tonalité.	SIXTE, tierce mineure de la quinte inférieure de la tonique.	SEPTIÈME, tierce mineure de la quinte supérieure.	TONIQUE, quinte supérieure de l'accord de la quinte inférieure de la tonique.

Noms des tonales : **ut, fa, sol, ré** | Noms des modales : **mi, la, si.**

La gamme mineure a subi plusieurs modifications suivant les goûts des compositeurs et suivant les circonstances dans lesquelles on l'emploie. Ainsi, afin de lui donner un caractère moins vague, de la rapprocher de la gamme majeure dans le passage du septième au huitième degré, on a haussé la septième d'un demi-ton, c'est-à-dire que, sur les trois accords de la tonalité, on a baissé les tierces des accords de tonique et de quinte inférieure, laissant majeure la tierce de l'accord de la dominante ; ce qui a produit une tonalité, une gamme MIXTE, aux deux tiers mineurs, dont voici l'exemple :

1	2	3	4	5	6	7	8
ut	*ré,*	*mi* b,	*fa,*	*sol,*	*la* b,	*si,*	*ut.*

8	7	6	5	4	3	2	1
ut,	*si,*	*la* b,	*sol,*	*fa,*	*mi* b.	*ré,*	*ut.*

Cette gamme, présentant un passage de seconde augmentée du sixième au septième degré, les chanteurs prétendirent qu'il y avait là une grande difficulté d'intonation, et, pour leur être agréables, les musiciens eurent la faiblesse de faire subir à la gamme mineure, une seconde

modification, qui consiste à hausser le sixièm
degré d'un demi-ton, pour le rapprocher d
septième, afin d'éviter la seconde augmentée
c'est-à-dire que, des trois accords constitutif
de la tonalité, le premier fut conservé mineu
et les deux autres majeurs ; cela donna naissanc
à une nouvelle gamme MIXTE, à un seul tiers mi
neur dont voici le modèle :

$$\begin{array}{cccccccc} 1 & 2 & 3 & 4 & 5 & 6 & 7 & 8 \\ ut, & ré, & mi\,\flat, & fa, & sol, & la, & si, & ut, \end{array}$$

qui dans la pratique ne s'emploie qu'en montant
car en descendant on reprend la véritable gam
me mineure :

$$\begin{array}{cccccccc} 8 & 7 & 6 & 5 & 4 & 3 & 2 & 1 \\ ut, & si\,\flat, & la\,\flat, & sol, & fa, & mi\,\flat, & ré, & ut. \end{array}$$

Les musiciens peu instruits ont souvent discuté
pour savoir entre ces trois gammes mineures,
laquelle est la meilleure. Il n'y en a pas de meil
leure ; il y a une gamme mineure, une gamme
aux deux tiers mineurs, et une gamme à un seul
tiers mineur, qui ont chacune leur couleur par
ticulières, et dont les compositeurs peuvent dis-
poser selon leur génie, et surtout selon le but

qu'ils se proposent d'atteindre. Ces trois modifications de la gamme majeure sont autant de richesse pour les compositeurs qui trouvent en elle les moyens d'expressions variées dont ils ont tant besoin pour créer de bonne musique dramatique.

La combinaison qui consiste à faire la gamme à un seul tiers mineur en montant, et complètement mineure en descendant, est la plus fréquemment employée; elle est aussi adoptée par tous les professeurs de chant. En voici le modèle qu'il faut savoir écrire et réciter dans tous les tons :

1	2	3	4	5	6	7	8
ut,	ré,	mi b,	fa,	sol,	la	si,	ut,

8	7	6	5	4	3	2	1
ut,	si b,	la b,	sol,	fa,	mi b,	ré,	ut.

On arme la clef pour les tons mineurs avec les signes que la gamme complètement mineure exige, et non par rapport au majeur relatif, comme les musiciens peu instruits le croient. Les signes modificateurs de cette tonalité s'écrivent accidentellement, ce qui est juste.

L'armure de la clef est un moyen abréviatif,

qui permet de ne pas mettre un dièze ou un b
mol devant chaque note qui l'exige , pour jou
son rôle tonal. Par quels travers d'esprit a-t-
voulu que l'armure de la clef indique la tonalité,
ton, le mode? Mais l'armure de la clé est la co
séquence de la tonalité et de la modalité; e
n'en est pas la raison.

Nous nous sommes souvent demandé que
différence il y avait entre deux jeunes filles, joua
correctement un morceau de piano en tonal
de mi majeur, dont l'une ne sait pas en qu
ton elle joue, bien qu'elle exécute partout
quatre notes diésées, et l'autre au contra
sachant qu'elle joue en mi majeur ou en ut diè
mineur, si la quinte de mi n'est pas altéré
Nous trouvons qu'elles sont aussi ignoran
l'une que l'autre, avec cette différence que
seconde a perdu beaucoup de temps à retenir
à appliquer de routine des mots qui n'ont p
de sens pour elle. Ne vaudrait-il pas mieux d
aux parents qu'il y a dans la langue musica
comme dans la langue usuelle, trois degrés d
tude bien séparés : 1° la lecture ; 2° la gra
maire; 3° la déclamation. Qu'en musique, l'élè

doit : 1° apprendre à lire, d'abord avec un professeur élémentaire de chant, de solfége, puis avec un professeur élémentaire d'instrument: 2° que la grammaire musicale doit s'apprendre avec un professeur d'harmonie; 3° que la déclamation musicale, vocale ou instrumentale, doit s'apprendre avec un virtuose, chanteur ou instrumentiste de premier ordre. Si l'on suivait cette méthode, on n'entreprendrait pas de parler *ton* majeur *ton* mineur à des élèves de douze leçons de solfége ou de violon, pour lesquelles c'est bien du temps perdu inutilement.

Sans doute, en voyant l'armure de la clef et les premières notes d'un morceau, une personne qui sait ce que c'est que le *ton* et le *mode*, reconnaît en quelle tonalité le morceau est écrit; mais si l'armure de la clef peut lui faire reconnaître le *ton*, elle *ne lui apprendra pas ce que veut dire* TON, MODE !

Si nous comparons tous les intervalles de la gamme aux deux tiers mineurs

1   2   3   4   5   6   7   8

ut, ré, mi b, *fa, sol, la* b, *si, ut.*

qui nous paraît préférable, parce qu'il n'y a de changé que le septième degré, devenant ainsi la sensible caractéristique du *ton*, nous trouverons qu'elle contient :

Trois secondes majeures : UT RÉ, MI b FA, FA SOL ;

Une seconde augmentée : LA b SI ;

Trois secondes mineures : RÉ MI b, SOL LA b, SI UT ;

Trois tierces majeures MI b SOL, SOL SI, LA b UT ;

Quatres tierces mineures : UT MI b, RÉ FA, FA LA b, SI RÉ ;

Quatre quartes-justes : UT FA, RÉ SOL, MI b LA b, SOL UT ;

Deux quartes augmentées : FA SI, LA b RÉ ;

Une quarte diminuée : SI MI b ;

Quatre quintes-justes : UT SOL, FA UT, SOL RÉ. LA b MI b ;

Deux quintes diminuées, ou fausses-quintes RÉ LA b, SI FA ;

Une quinte augmentée, MI b SI ;

Quatre sixtes majeures : RÉ SI, MI b UT, FA RÉ. LA b FA ;

Trois sixtes mineures : UT LA b, SOL MI b, SI SOL ;

Trois septièmes majeures : UT SI, MI b RÉ, LA b SOL ;

Une septième diminuée : si la *b*.

On voit que le mode mineur contient des intervalles qui lui sont propres, comme la seconde augmentée , la quarte diminuée, la quinte augmentée et la septième diminuée, qui ne se trouvent pas en majeur, et qui, par leurs caractères particuliers, sont essentiellement propres à exprimer les fortes passions. Du reste, il est peu de compositions qui restent dans le ton et le mode dans lequel elles ont commencé ; presque toujours on change de ton et de mode , mais la tonalité primitive doit toujours primer toutes les autres, qui ne sont que secondaires. On a donc raison de désigner les grandes compositions par le nom de leur tonalité et de leur modalité, comme quand on dit la messe en la de Chérubini , la symphonie en ut mineur de Bethowen. C'est la valeur de ces mots que nous nous sommes proposé d'expliquer : puissions-nous avoir réussi !

Si l'on comprend et si l'on sait tous les accords parfaits majeurs et mineurs, ainsi que toutes les gammes majeures et mineurës, on peut s'occuper des tons relatifs.

En comparant toutes les gammes entre elles,

on trouve qu'il y a toujours une tonalité majeure et une tonalité mineure qui exigent le même nombre de dièses ou bémols : ainsi, la gamme du ton de MI bémol majeure, exige trois bémols : SI *b*, MI *b*, LA *b*, qui se posent à la clef. D'autre part, la gamme du ton d'UT majeur a toutes les notes naturelles ; mais pour rendre mineure cette gamme du ton d'UT il faut baisser, bémoliser les trois tierces des trois accords d'où la gamme d'UT dérive, ou autrement dit, il faudra bémoliser la tierce, la sixte et la septième de la gamme qui seront après l'opération, MI *b*, SI *b*, LA *b*, qui se posent à la clef. Or, ces trois bémols étant justement les mêmes que ceux de la tonalité de MI bémol majeur, il se trouve que la gamme de MI bémol et celle d'UT mineur, sont composées des mêmes notes présentées dans un ordre différent. Puisqu'elles sont composées des mêmes notes, il existe entre elles des rapports, des ressemblances, des relations ; elles ont toutes les notes communes, sauf les altérations passagères amenées par les modifications du mode, et nous avons vu que les notes communes étaient les liens de la tonalité. Donc elles sont RELATIVES.

c'est-à-dire qu'entre la gamme d'un ton majeur et celle d'un ton mineur, composée des
mêmes notes, ayant conséquemment la même
armure de clef, il y a toute la relation possible;
le ton de MI bémol majeur et celui d'UT mineur
sont donc RELATIFS.

En LA majeur, il y a trois notes diésées, FA,
UT, SOL; ces trois dièses ont servi à rendre majeurs les trois accords de la tonalité de LA; pour
former la tonalité de LA mineur, il n'y a qu'à
retirer les trois dièses, alors la gamme du ton
de LA mineur aura toutes les notes naturelles,
sauf les modifications accidentelles. Le ton d'UT
majeur et celui de LA mineur sont donc RELATIFS,
puisqu'ils sont composés des mêmes notes présentées dans un ordre différent.

En appliquant le même raisonnement à toutes
les tonalités, on comprendra et l'on saura quels
sont les tons qui sont relatifs les uns des autres.

Les solféges nous disent : Pour savoir si l'on
est en majeur ou en mineur, il faut chercher la
quinte supérieure du ton majeur supposé; si
cette quinte est accidentellement haussée d'un
demi-ton, le morceau est dans le ton mineur

relatif ; si la quinte est juste , il est dans le ton majeur.

Ainsi voilà une règle qui s'appuie sur un moyen accidentel, et en effet il arrive souvent que la quinte ne se trouve pas dans les huit premières mesures, quelquefois même elle s'y trouve sans être haussée, bien que l'on soit en mode mineur, parce que nous avons vu qu'en descendant l'on exécutait la gamme mineure, complétement mineure; la règle n'est donc pas sûre pour un grand nombre de cas.

Voici une règle certaine pour connaitre le mode : sachez vos accords et vos gammes ; si, dans les premières mesures mélodiques, vous trouvez les notes de l'accord majeur, vous êtes en majeur ; si vous trouvez les notes de l'accord mineur, vous êtes en mineur. S'il y a un accompagnement, le premier accord devant être celui de la tonique, il est bien facile de voir s'il est majeur ou mineur.

Les personnes qui auront compris ce qui précède et qui auront reproduit les tableaux dans tous les tons, seront en état de comprendre la valeur de ces mots : TONALITÉ, TON, GAMME, MAJEUR, MINEUR, RELATIF.

La plus grande difficulté de l'enseignement musical, provient du manque d'organisation des élèves : c'est en raison de cette absence d'organisation, que les élèves exécutent, sans s'en apercevoir, les notes diésées ou bémolisées, comme si elles étaient naturelles, parce qu'ils ne sentent pas la valeur tonale de chaque note. Les professeurs expérimentés, au contraire, ont le sentiment de la tonalité et de la modalité si fortement empreint dans tout leur être, que la moindre fausse note les blesse profondément, les fait véritablement souffrir. Aussi, les bons artistes ont-ils la plus grande répugnance à donner des leçons. C'est donc à faire naître et à développer progressivement, dans l'organisation des élèves, le sentiment de la tonalité d'abord, et ensuite celui de la modalité, qu'un professeur sérieux mettra tous ses soins. Pour atteindre ce but, il doit, indépendamment de l'exécution journalière des accords et des gammes, exiger des élèves qu'ils s'écoutent et jugent par eux-mêmes de leur bonne ou mauvaise exécu-

tion : il doit, en outre, appeler la théorie au se-
cours et à l'appui de la pratique, afin que son
élève exécute, sente et raisonne, pour l'amener
plus tard à pouvoir de lui-même raisonner, sen-
tir et exécuter un morceau de musique quelcon-
que.

En finissant, et comme résumé, je rappelle la
marche des études indiquées dans ce Traité.

Il faut absolument savoir réciter et exécuter de
mémoire : 1° tous les accords parfaits majeurs ;
2° tous les groupes de trois accords, composant
chaque tonalité ; 3° toutes les gammes majeures ;
4° tous les accords parfaits mineurs ; 5° tous les
groupes de trois accords, composant chaque tonalité mineure ; 6° toutes les gammes mineures ;
7° les diverses modifications de chaque gamme
mineure ; 8° nommer tous les tons majeurs et
mineurs qui sont relatifs.

FIN.

TYP. DE
Soweriack,
BAZAR
bordelais